담록빛 물방울

나기철 시집

서정시학

나기철

1953년 서울 출생. 열두 살 때 제주로 이주.

오현고, 제주대 국문학과 졸업.

1987년 『시문학』 등단.

'작은 詩앗·채송화' 동인.

시집 『섬들의 오랜 꿈』(1992), 『남양여인숙』(1999), 『뭉게구름을 뭉개고』(2004),
『올레 끝』(2010), 『젤라의 꽃』(2014), 『지금도 낭낭히』(2018).

풀꽃문학상, 서정시학상 수상.

서정시학 서정시 150
담록빛 물방울

2023년 9월 20일 초판 1쇄 발행

지 은 이 · 나기철
펴 낸 이 · 최단아
편집교정 · 정우진
펴 낸 곳 · 도서출판 서정시학
인 쇄 소 · ㈜ 상지사

주   소 · 서울시 서초구 서초중앙로 18, 504호(서초동, 쌍용플래티넘)
전   화 · 02-928-7016
팩   스 · 02-922-7017
이 메 일 · lyricpoetics@gmail.com
출판등록 · 209-91-66271
ISBN 979-11-92580-17-3 03810
계좌번호: 국민 070101-04-072847 최단아(서정시학)

값 12,000원
* 이 책은 제주특별자치도와 제주문화예술재단의 2023년도 문화예술지원사업의 후원을 받아
  발간되었습니다
* 이 책의 판권은 지은이와 도서출판 서정시학에 있습니다. 양측의 서면 동의 없이 무단 전재
  및 복제를 금합니다.
* 잘못된 책은 바꾸어 드립니다.

담록빛

물방울

굴러가는

— 「목소리」에서

시인의 말

아,
살아서
내가
시집을
일곱 권이나
내다니!

2023년 가을
나기철

차 례

2부

3부

4부

담록빛 물방울

1부

목소리

늘
건너오는
투명한 듯

사각사각
나뭇가지

담록빛

물방울
굴러가는

백야白夜

잠깐
어두워지다가

이른 세 시
훤합니다

나머지 밤은
어디 갔습니까

당신께 바쳐진
하얀 밤은

장마 전

이제 곧
이파리 메운 물이
터져
흐르겠지

피어난 수국도
젖어 흩어지겠지

네 향한
내 마음
늘 이만하면

천해 天海

거기 너를 두고

바이칼에 와
절벽 위에서
구름 가려진
피안을 본다

입에 악기를 문
여인이 왔다 가고
바다새
돌다가 갔다

문득
물을 가르며
작은 배
지나간 곳

수많은

오선지 곁들이
소리를 내며
한참 있다가
사라졌다

그 집

난 아직 너무 모릅니다
어떻게 눈 뜨는지
마지막 별
어느 창에서 인사하는지
아침 밥상
어떤 반찬 만드는지

일층인지 이층인지
옷장 어디 있는지
책장 무슨 색인지
어떤 책들 꽂혀 있는지

돌아올 때 어떻게 문 여는지
활짝 여는지
살며시 여는지

잠들 때 어떤 이불 덮는지
눈 어떻게 감기는지

무슨 잠이길래
늘 상앗빛 목소린지
산호 해변 눈빛인지
난 아직 너무 모릅니다

사이

－ 이준관 시인께

    제가 있던 학교에 '천국의 계단'이 있었습니다. 저는 어느 여선생과 몰래 그 계단을 넘어 소성당에 가기도 했습니다. 주위엔 녹나무 그늘, 때론 나리꽃, 백합도.
    시집을 읽으며 거길 떠올립니다. 우리를 청정 아득하게 하는 거기, 너무 먼 거기를.

불 켜진 창

그제도 불이 안 켜져 있었다
어제도 불이 안 켜져 있었다
오늘은 켜져 있다

남편 따라 육지서 와
오년 전
혼자 된 여자
오늘은 시내 딸네 집에서 왔나 부다

온통 가족사진으로 도배한
시내에서 멀리 떨어진 마을
입구
그녀의 집

불빛

밤 아홉 시
혼자인 그 여자
집 앞 차 안에서
밝게 전화하고 있다

사랑이었으면
좋겠다

비망備忘

제주시 중앙로 지하상가
악세서리점
악세서리 같은 여자
악세서리처럼
떨어져

사과나무꽃으로
피어

짐짓

고기국수 먹으러 자주 가는
국수 거리의 이름난 국숫집

주인인지 종업원인지 모르나
기품 있어 뵈는 중년 여자

계산하며,
인상이 참 좋아요,

할까 하다
말았다

그냥 말 않고
다니기로
했다

마스크 키스

횡단보도 앞
빨간불이 켜졌다

키 큰 젊은 남자 입이
키 작은 젊은 여자 입 위로
내려간다

파란불이 켜져도
마스크 한 채
길 건너 가게로 들어간다

2부

훌륭한 성악가

우리 집 뜰에 와
선구자를 부른
문영희 씨

그녀가 노랠 하자
나무들 귀를 열고
말[馬]들 살아나고
심장 끓기 시작

모은 두 손
구름
내려앉았다

* 누가 시인을 문제 시인, 유명 시인, 훌륭한 시인, 보통 시인으로 나눴다.

돌멩이

무꽃 핀 밭
시멘트 길
못들이 주욱
놓여 있다

동편 떠오르는
햇살

그 못
차차
무디어진다

2005년 겨울

갓 보내온
등단 30년 만에 낸 권명옥 시집『남향』과
또 등단 30년 만에 낸 서정춘 시집『죽편』과

김종삼 시선『평화롭게』와
박용래 시전집『먼 바다』
옆에

놓인
내 시집 세 권

오름 너머

남쪽 섬
삼백 고지
창 밖 나무들 사이
북국처럼 눈발이
지그재그 몰아친다
어두운 숲 사이
무덤도 하나
불현 오름들 위 한 쪽
환한 햇빛,
흰 구름
나타났다 사라졌다
내 삶의 절정!

별이 내리는 숲

삼층 건물
어린이 도서관
개관이 며칠 뒤

반짝반짝
새소리 들릴 듯

마지막 마무리하고
몸 터는 인부 둘

엄마에게 혼나
못 들어가는
아이 같은

환한 날 1

아직 완전히 어두워지지 않은 저녁, 집으로 가는 버스
가 병원 앞을 지납니다.

커브 담 위 담쟁이들 가득 수도 없이 연두색으로 돋았
습니다. 그 앞 처녀들 팡팡 걷습니다. 희끄무레한 창들
앞에서.

때죽나무 꽃

별은 밤하늘에만
있는 게 아니다

절물 너나들이길 위에도
있다

무수히 종을 울리다
떨어져
더 빛나는

과녁

정류장 처마
빗방울 하나
머리에 떨어졌다

우주 어디에서
온 화살

삼사석 부근
내릴 때
마비가 풀렸다

눈동자

영세민 아파트
혼자 사는
룸펜 같은
일찍 몰락한 집의

간혹 거리에서 스치는

"형, 나는 이제까지
 꽃 한 송이,
 한라산과 제주 앞 바다만
 가슴에 품고 살아왔어요"

저녁
동문시장 모퉁이

악력

아내의 손목은 나보다
훨씬 굵다
그 손으로 텃밭을 일구고
음식을 쓱싹쓱싹 하고
뚝딱 수리도 하고

내 손목은 얇다
힘들지 않은
책장이나 쓱쓱 넘기고
가벼운 가방을 메고

평화양로원 2

모두 안에만 있는지
늘 멈춰 있는

가는 봄날
한 남자
나무 아래
벤치에 앉아
노래한다

"오동추야 달이 밝아…"

들썩인다

별은 빛나건만

서울 갔다 온 날
집에 안 들리고
서귀포 예술의전당 음악회에 가려
제주시청 앞에서 281번 버스 타니
작고 여위고 해맑은
서른 좀 넘었음직한
운전기사
다시 본다

한 시간 걸려 한라산 넘어
남극 수성壽星 보인다는
남성마을 내릴 때
뒤돌아
한 번 더 본다

젊은 기사여,
마흔 쉰 예순 되어도
그 눈빛 그대로이길!

죽어라고

　황동규 시인(83)이 열일곱 번째 시집『오늘 하루만이라
도』를 내시고 우리 '연백시사然白詩社'에 초대되어 하시는
말씀이 "이번 시집도 죽어라 썼어요."
　끝나서 중국집 '금문', 제주공항면세점에서 내가 사 갖
고 간 '수정방'을 맛있게 드시고 기분 좋아 노래도 부르셨
다. 나도 불렀다

　아무래도 나는 시를 죽어라 못 쓴다
　설렁설렁은 써도

　시가 안 나와
　오랜만에 시 필사를 한다
　죽어라고

235년 전

눈 감고
모차르트 피아노 협주곡
듣는다

전날 완성해
한 번도 연습 못한 곡
피아노 치며
지휘하는 그

기립박수

눈 뜨니

창밖
비자나무
새들

살아 있다!

안착

밤중에 깨어
화장실
변기 위로
오줌을 눈다

여치 한 마리
변기 안
자그만 물가에
와 앉았다

물을 안 내리고
자리에 와
눕는다

손

치과의사 하다
몇 해 전 제주살이 온
70대 부부
가곡 교실에서 '첫사랑'
잘 부르고

훤칠한 남편이
자그마한 아내 손 잡고
밤 숲길을 걸어간다

어릴 때부터
멀리 가 지들커* 혼자 해 오고
아르바이트로 학교 나온
내 아내의 손은 너무 커
잡을 수가 없다

* 땔감.

배경

　해남 전국 시낭송 대회 때 심사위원 중 좀 젊은 시인이 오세영 원로시인으로 바뀌어졌는데, 김구슬 시인 대신 위원장 맡는 걸 고사하여 두 번째 자리에 내내 앉아 계신 걸 보았다.

　근래 선생이 발표한 시를 보니 어떤 자리든 늘 중심이나 앞에 있었지 뒤가 된 적이 없었던 자신에 대한 반성이었다.

코로나 2월

오른쪽 귀 가끔 이명 좀 와
이비인후과 가서
공격적 약 처방 받고

오후 네 시 도서관 벤치
소리 내어 읽는 시들

깃대 위 나란히
새마을기
태극기
제주도기

마지막 주자들처럼
달려가고 있다

열람실 뒤
대나무들도
오랜만에

몰래
설렌다

곡우穀雨 즈음에

오동나무 잎 솔솔 날고
종달새 파드득 피어나고
무지개 댕댕 울리는
청명淸明도 지나

세 살 아기 배꽃 빛 손바닥
살 올라오듯
뽀글뽀글 솟아나는
고로쇠나무 같이

치잣빛 스커트
긴 다리
날날날
계단 오르는 단조음 여자
눈 속 같이

아직 날지 못하는
어린 동박새

매화나무, 살 비벼 등어리 되어 주는
어미 새 같이

어릴 적 꿈꾸던,
바다 위아래
휘저어 다니는,
침몰은 차마 꿈도 없던
그런 배,
비추는 먼 불빛 같이

진달래 자르르 웃고
나비 하얗게 뜨고
황사 지레 가 버린
곡우 즈음에

허구헌 날

한라산 남쪽
위미리에 집 마련
용인서 자주
십 년 뜰 가꾸는
수필가 손광성 선생
육이오 때 누님과 내려와
미수米壽 가까운

잔디밭 잡초 매는 거
도와주려
산 북쪽서
아침에 간 아내에게
"나 선생은 뭐하고 있어?"

"한라산만
 바라보고 있어요"

나부상裸婦像이
쓰윽 웃었다

3부

독립서점
— 주인의 말

망해도 괜찮다는 생각

지금도 같다

얼마든지 망할 수 있다

근데 잘 망하고 싶다

조용히

처서處暑 뒤

내내 꽂혀 있던
붉은 파라솔

아침에
옆집 담벼락에
기대 있다

거두어
집에 들여놓았다

한라산도
불을 뿜을 때가
있었다

이젠
조용하다

한숨

살아 있는 문어를 사서
차 뒤에 놓고 오는데
이따금
푸우
푸우

열흘이 지나도
냉장고에서
죽은 그를
꺼내지 못한다

11월
― 하나

전립선이 부어
약을 세 번 먹어도
오줌이 안 나온다

늘 가던 절물휴양림도
멈추고

부근 잘 안 가던
문중 무덤들 있는 쪽
갔다 오는데

가랑잎 하나 소리치며
연신 따라왔다

11월
— 둘

길에 말똥
다섯
말은 없고

숲이 짙어
조심스레

새 하나

깃대 꽂아
곧 안 보일
산

귀 아래

오랜만에
육지 행 비행기에 탔다

승무원이 비행기가 바다에 내렸을 때
구명복 사용 설명을 한다

여러 번 쫑긋했으나
어느새 심심삼삼이다
바다에 내린다고?

날 들었다 놨다
오른쪽 귀 아래 목빗근이
아침에 또 굳었다

자유

살면서 때때로 오는 두려움이
얼마나 두려웠으면
카잔차키스는 마지막,

"나는 아무것도 바라지 않는다.
 나는 아무것도 두려워하지 않는다.
 나는 자유다."
외쳤을까

늦게 미룬 밥상 앞에 앉아
두려워 밀쳐둔 고기부터 씹는다
씹으면 불편한 내가

어느 시인은 익사할 뻔한 뒤
일부러 깊은 물에 몸을 던졌다 한다

오늘

좋아서 준비 안 된 결혼으로
뒤엉켜 밥 터에서 귀 아래가 계속
조여

사십 년 지나
또 침 맞으며 근육 계속 조이나

싸우다가도

같이 이중섭미술관에도 가고
중국집 덕성원에도 가고
도림미술관에도 갔다가

내 방 일인 소파에서
의자에 발 걸쳐 누워
시 잘 읽을 수 있는 기쁨!

일주동로 一走東路

서귀포 가는
동쪽행 버스를 탔다

건너편 창가
혼자 앉은 여자
뭐라 가끔 중얼거리다
가끔 울먹인다

육십 년 만에
새 되어
고향 가신
어머니

북쪽 향해 있는
해상 풍력발전기
날개들

엄마

서울 병원에 검사 결과 보러
공항 가는 첫 버스 타고 가며
신문,

'내가 사랑한 우리말'
소설가 김주영(80)의
'엄마'

읽으며
운다

오랜만에
또 운다

입도入島

벌초 끝난
남평 문씨 몰래물파
가족묘지

입도 22대에서
27대까지
배우자와 나란히
묻혀 있다

입도 2대
외아들 나는
아버지 어머니
양지공원 납골당,
외아들 싱가폴

제주 바다
말아졌다 펼쳐지고

그 노래

제주 사람들은 50년대 가요 송민도의 '서귀포 사랑'을 잘 모르데. 어릴 때 여기로 흘러들어온 나는 이 노래가 너무 좋은데. 거긴 아마 육이오 피난살이 서울의 한숨이 묻어 있어설까. 아버지도 어머니도 이젠 여기 없는.

어머니

초겨울 밤
시청 앞 건널목
가로등 옆
늙지 않은 여자
검정 비닐에 싼
밀감, 바나나 네 묶음
앞에 앉아
몰래 울고 있다

밀감, 만 원 내미니
오천 원이라며
바꿔오겠다고
일어서려 한다

쑥부쟁이 하나
피었다

아내

오랜만에 교보문고에 가
나태주 시인의 책 속
'반의 반'이라는 글을 읽다가
아내 생각에 울컥,
눈물이 나왔다

어머니 생각하면서는
자주 울었는데
처음이다

한참 있다 그 옆 김밥천국에
가면서
또 울었다

환한 날

— 둘

섬에 와
어머니
일찍 돌아가셨다
생각하면
캄캄하다

내가 그랬어도
어머니
그랬을 게다

먼 곳
― 이시영 풍

국장으로 퇴임한 시인이 성산일출봉이 훤히 보이는 집 앞 공터에서 포장을 몇 개 치고 단상도 만들어 시집 출판 기념회를 하는데, 끝나 몇 해 전 김 약사네 집 밖에 와 사는 팔순 넘은 이제하 시인이 나중 추첨자의 하나로 나가 몇 번 손을 넣었다. 허름한 모자에 편한 옷을 걸친 그가 아무 말 없이 돌아와 아픈 듯 아픈 듯 사람들 틈에 앉아 다시 먼 곳을 바라보았다.

평화양로원 3

사람 하나 안 보이던
건물 밖

정문 쪽에
할머니 둘 나와 있다

"어르신들, 빨리 들어가세요!
 다칠 수 있어요"

"세 살 난 어린앤가,
 괜찮아, 괜찮아"

다시
고요해진

노래할 곳

엘승타스르헤 초원
겔에서 짐을 풀고
저녁을 먹고
빠져나와

초원의 멀리까지
가서
힘껏 노래를 불렀다

말들이
드문드문

한참 후
한 사내가 말을 타고 와
검지로 입을 막고
돌아갔다

임파선

태풍 타샤는
어디로
가 버렸나 부다

주말 이틀 내내
머리채 잡고
울리더니

오늘은
누군가
따스한 입김으로
달래 주신다

갑자기 솟아오른
팔뚝의 붓기도
많이 가라앉았다

늙은 병사의 말

― 양동윤

이윽고 캄캄해진 구제주
버스 정류장 앞에서 만났다.

폐암 와 1년 선고받았는데
살아났어. 이제 갈 순 없어서.
이 나이에도 도민연대 매일 나가고
4.3 못 그만두는 건 솔직히 나처럼
할 후배 없어서. 글 쓰는 이들이 현
장에 안 와. 20년 전 머무르고 있고.

50년 전 심지다방 판돌이,
30년 한결같은 얼굴.
이제 성자 같다.

새

　주남마을을 걷는데 새가 하나 와서 같이 걸었다. 멈추
면 같이 멈추고 걸으면 또 같이 걸었다. 격렬하지 않고
은은한 시인들의 시가 더 많이 새겨진 마을, 정류장까지
같이 걸었다.
　버스가 올 때까지.

4부

이슬람

이 식당들
맛이 없다

아야 소피아,
블루 모스크
옛 사원 근처

술 한 잔 없다

양념하고
한잔하며

종교 없이도

번갈아

노천 족욕 온천
몇십 분에도
갑자기 온 신경통
여전하다

바로 위
히에라 도시국가
귀족들 커다란 목욕탕
만 이천 명
원형경기장

아래
오순도순
마을들

발 담그고
위아래 번갈아 본다

에게海 1

　풍력 발전기 팔랑개비에 날려 유도화 분홍 잎새들 암
록색 에게 바다로 떨어지는 유월 오후 에페소로 보낸 그
의 편지가 젖는다 애개, 애개,

에게海 2

터키 그리스
주황색
지붕

그 색
올리브 냄새,
토마토 맛
유도화 그늘

아크로폴리스
언덕 아래도
에게海
곁에도

어딜 가도
그 색으로
누워 있는 개

피 멀리 가 버린,

메테오라

엄지손가락 끝에 묻은 밥풀떼기 같이 바위산 끝에 앉은
성 니콜라오스 수도원 끓는 밥물 찾아온 제비꽃!

비둘기 골짜기 옆

파는 구슬 묵주 알
보다
더 푸른

아낙의 눈

깎아 달라니
잠시 짓는
미소

비둘기 솟는다

해설

나기철의 시학詩學, '조용히'의 삶철학과 시의 비의성

고명철(문학평론가, 광운대 교수)

1. 나기철의 짧은 시, 최량最良의 시적 표현을 득의得意하는

나기철 시인의 시는 비교적 짧다. 이것은 시 장르의 특성상 다른 글쓰기보다 최량最良의 시적 표현을 득의得意하기 위한 시 본연의 속성에 충실해서이기도 하지만, 나기철 시인이 1987년부터 본격적으로 시를 쓰기 시작한 이후 자신만의 시세계를 구축하는 도정에서 그 적공積功의 시력詩歷의 산물임을 주목해야 한다. 그래서 그의 짧은 시의 시적 표현이 자아내는 시적 감응력은 '좋은' 서정시로서 서정적 미의식을 바탕으로 하되 나기철만의 독창적 개성의 미의식을 잘 벼리고 있다. 물론, 나기철의 이러한 시세계는 세계의 어떤 거창한 문제의식 속에서 만들어지는 게 아니라 아주 사소한 일상 속에서 형성되듯, 바로 그렇기 때문에 쉽게 지나칠 수 있는 일상의 그 작은 것들 사이를 눈여겨보고 듣는 그의 시적 태도를 중시해야 한다.

2. 자본주의 가치를 넘는 '조용히'의 삶철학

> "형, 나는 이제까지
> 꽃 한 송이,
> 한라산과 제주 앞 바다만
> 가슴에 품고 살아왔어요"
>
> 저녁
> 동문시장 모퉁이
>
> ― 「눈동자」 부분

> 망해도 괜찮다는 생각
>
> 지금도 같다

얼마든지 망할 수 있다

근데 잘 망하고 싶다

조용히

― 「독립서점―주인의 말」 전문

　위 서로 다른 두 편의 시를 곰곰 음미하고 있으면, 나
기철 시인이 벼리고 있는 나기철의 시학의 어떤 면이 살
포시 드러난다. "영세민 아파트/혼자 사는/룸펜 같은/일
찍 몰락한 집의"(「눈동자」) 동네 아우는 "꽃 한 송이,/한라
산과 제주 앞 바다만/가슴에 품고 살아왔"으므로, 자신의
삶을 결코 비루하게 인식하지 않는다. 그런데 여기서 대
수롭게 넘겨서 안될 것은 이런 그의 말을 하는 때와 장
소, 즉 "저녁/동문시장 모퉁이"다. 나기철의 시적 감응력
을 온전히 이해하기 위해서는 이처럼 짧은 시적 표현이
함의하는 그 시적 맥락, 달리 말해 시인의 시적 표현의
안과 밖으로 휩싸고 맴돌이치는 일상의 풍경들―흔히들
이 곡절 많은 일상의 사연들을 역사의 미시사微示史로 이
해한다.―을 각자 자신의 방식으로 이해하고, 그와 연관
된 자신의 경험 혹은 추체험을 그 시적 표현에 포개놓아
야 한다. 그럴 때 시인의 짧은 시가 지닌 시의 감응력은
한층 배가된다.

이와 관련하여, 「눈동자」의 장소로서 '동문시장'은 21세기에는 관광객에게 시쳇말로 제주의 핫플레이스(hot place) 중 하나로 잘 개발된 현대식 전통시장이다. 그런데 시의 맥락에서 보이는 동문시장은 룸펜의 대화에서 표면상 짐작할 수 있듯, 시장의 역할에 충실하여 물품과 돈이 활발히 거래되는 경제적 부를 표상하는 장소의 속성을 지님으로써 룸펜에게 이러한 경제적 삶을 살도록 추동시키기보다 오히려 시장 자본주의와 전혀 무관한 무형의 가치(꽃 한 송이, 한라산, 제주 앞 바다)를 추구한 것에 자족하는 룸펜을 만나는 장소일 뿐이며, 게다가 재래식 시장의 활력이 스러지는 파시罷市 무렵 '저녁'이면서 '모퉁이'다. 「눈동자」의 시적 매혹과 그 감응력은 이러한 모든 것을 종합할 때 스미고 번진다. 시장 자본주의로부터 벗어난 가치를 추구하는 룸펜의 도저한 삶의 충만감은, 아이러니컬하게도 재래식 시장 자본주의가 활성화하는 낮의 시간이 아닌 파시를 맞이하는 '저녁 모퉁이'에서 그 삶의 실재가 더욱 충일하다. 그만큼 비록 그는 자본주의 삶에서는 룸펜에 불과하지만, 그가 앙가슴에 소중히 품고 살아온 제주의 가치에 대해서는 그 누구보다 떳떳하다. 이러한 삶에 대한 자기충족과 자기충일을 미주알고주알 늘어놓지 않는 것이야말로 나기철 시인의 시적 매혹이 아닐 수 없다.

이 매혹이 「독립서점」에서는 어떨까. 이 시에서도 귀 기울여야 할 것은 「눈동자」에서도 룸펜의 말에 주목했듯 이 서점 주인의 말을 곰곰 음미해야 한다. '독립서점'의 속성상 주인은 매출액의 크고 작음에 희비喜悲가 엇갈리 는 데 개의치 않는다. 오히려 "망해도 괜찮다는 생각", "얼마든지 망할 수 있다", "근데 잘 망하고 싶다"는 매우 엉뚱한 생각을 갖고 있다. 그러니까 이 정도면, 주인은 독립서점을 자본축적의 수단으로 조금도 생각하고 있지 않다는 것을 분명히 하고 있는 셈이다. 그러면 주인은 무 엇을 추구하기 위해 독립서점을 운영하고 있는 것일까. 다양한 생각과 상상력을 펼칠 수 있겠다. 그런데 바로 이 대목에서, 나기철 시인의 그 특유의 짧은 시의 매혹이 마 지막 연을 이루는 한 개의 시어 "조용히"에서 드러난다. 이것은 시적 화자인 주인이 독립서점을 운영하는 전반의 경영철학이고, 또한 인생의 삶철학을 집약적으로 나타낸 시적 재현의 언어로 손색이 없다.

독립서점이라면, 흔히들 대형서점처럼 다양한 분야의 도서 및 관련 팬시 상품들을 팔기 위한 그런 곳이 아니 라, 주인의 평소 관심도가 주류 분야를 이루는 도서 중심 으로 꾸며진 소규모의 서점이기 십상이다. 그러므로 서 점의 외향이나 전시 및 판매 도서로 이뤄진 내부의 모습 이 자연스러울 터이다. 중요한 것은 서점과 책 본연의 속성에 대한 자존감과 충족감을 높이기 위해 불필요한 관계를 최소화하는 '조용히'가 지닌 삶철학을 시적 화자인 주인이 실천하고 있다는 점이다. 그래서 "잘 망하고 싶다"는 말이 예사롭지 않게 들린다. 이것은 달리 말해, 나기철 시인이 평소 정립하고자 부단히 정진하는 시쓰기와 연결된다. 독립서점과 그 주인은 바로 나기철 시인의 시지평과 유비 관계를 이루기 때문이다.

3. 시적 상상력의 힘, 심오한 비의적 미의 생성

이처럼 나기철 시인은 그의 짧은 시가 지닌 시적 매혹과 시의 감응력을 배가하는 그만의 시학詩學에 정진한다. 가령, 다음의 시를 찬찬히 톺아보자.

거기 너를 두고

바이칼에 와
절벽 위에서
구름 가려진
피안을 본다

입에 악기를 문
여인이 왔다 가고

바다 새
돌다가 갔다

문득
물을 가르며
작은 배
지나간 곳

수많은
오선지 결들이
소리를 내며
한참 있다가
사라졌다

— 「천해天海」 전문

　이 시는 나기철의 다른 시보다 상대적으로 긴 편이지
만, 다른 짧은 시편에서 두루 발견되는 시쓰기의 특장
特長이 있다. 감히 말하건대, 이 시에서는 시뿐만 아니라
절차탁마한 창조적 예술이 일궈내야 할 예술의 비의성秘
儀性에 이르는 도정과 그 심오한 미적 성취가 간결히 현재
화顯在化돼 있다. 그 대상이 어떤지 우리는 구체적으로 알
길이 없으나, 시적 화자는 "거기 너를 두고//바이칼에 와
/절벽 위에서/구름 가려진/피안을" 보고 있다. 시의 맥락
을 볼 때, '거기'란 심리적 물리적 거리를 가리킨 부사가
말해주듯, 시적 화자는 아마도 '너'를 '거기', 곧 '피안'에

두고 왔을 공산이 크다. 다시 말해 시적 화자는 죽은 '너' 와 이별한 후 북방의 바이칼호 절벽 위에서 드넓은 흡사 바다와 다를 바 없는 바이칼호 저 먼 곳을 우두망찰 응시 하고 있다. 여기서 잠깐, 분명 바이칼호는 땅 위 자연스 레 형성된 호수다. 하지만 이 호수는 얼마나 광대하고 신 비스러운지 바다와 구별이 없는가 하면, 저 멀리 보이는 호수의 수평선은 하늘과 경계 구분이 모호하여 호수는 심지어 하늘로 자연스레 이어지는 듯 보인다. 바이칼호 는 그러므로 호수와 바다와 하늘과 경계 구분이 모호한, 아니 경계가 가뭇없이 스러져버린 말 그대로 '하늘 바다 [天海]'의 환상계로 착시한다. 그러면 "구름 가려진/피안" 역시 이 '하늘 바다'와 이어진 것임을 예의주시할 때, 이 제 바이칼호의 예의 환상계는 차안(이승)/피안(저승)의 경 계도 무화시켜버리는, 궁극의 세계로 그 속성이 바뀐다. 이것을 이해했을 때, "입에 악기를 문/여인이 왔다 가고" 의 시적 표현은 이 궁극의 세계의 심오한 비의적 미를 연 주하는 것이고, "바다 새/돌다가 갔다"는 새의 유영은 이 연주에 마치 화답하는 양 우주적 춤을 춘 것이나 마찬가 지다. 그런데 이 궁극의 세계의 아름다움은 여기서 끝나 지 않는다. 바이칼호 위 "물을 가르며/작은 배/지나간 곳"에서 일어난 하얀 물살을 시적 화자는 "수많은/오선지 결들이/소리를 내며/한참 있다가/사라졌다"고 하여, 여인의 연주를 새의 유영과 배의 물살과 절묘히 조화를 이 뤄낸다. 이렇게 바이칼호를 찾은 나기철 시인은 '하늘 바다'가 지닌 마성적 궁극의 세계의 아름다움을 그의 시적 재현으로 노래한다. 여기서, 잠시 호흡을 가다듬자. 차안/피안의 경계를 무화시켜버린 이 궁극의 세계에서, 그렇다면 '거기'에 두고 온 '너'는 "입에 악기를 문/여인"이 아닐까. 죽음의 형식을 통해 이별한 '너'는 나기철 시인의 예의 비의적 시쓰기-시적 상상력의 힘을 빌려 궁극의 세계에서 미의 메신저로 갱신한 셈이다.

나기철 시인의 이러한 시쓰기는 이번 시집에서 득의한 소중한 시적 성취임을 강조하고 싶다. 이것은 「천해」에만 해당되는 특별한 사례가 결코 아니다.

> 파는 구슬 묵주 알
> 보다
> 더 푸른
>
> 아낙의 눈
>
> 깎아 달라니
> 잠시 짓는
> 미소
>
> 비둘기 솟는다

　시적 전언은 매우 평이하다. 가판대에서 여러 종류의 "구슬 묵주 알/보다" "아낙의 눈"이 신비스러울 정도 더 푸르고 아름답다. 그것은 가격을 흥정하는 가운데 "잠시 짓는/미소"가 흡사 "비둘기 솟는" 듯, 비둘기의 힘찬 비상 飛翔과 포개지면서 절로 형성되는 '아낙'을 에워싼 미의 아우라 때문이다. 앞서 「천해」가 성취한 미의식과 그 생성의 비의성을 음미해보았듯이, 「비둘기 골짜기 옆」의 경우 일상의 작은 풍경 속에서 시인은 서로 관계를 맺고 있는 시적 대상들, 가령 '구슬 묵주 알-아낙의 눈-아낙의 미소-비둘기의 비상'이 서로 연접해 있으면서 그 속성들이 서로에게 자연스레 스미고 번져 들어감으로써 일상의 작은 풍경은 결코 심드렁할 수 없는 심오한 비의적 미를 생성해낸다. 그리고 시인은 이것을 '조용히' 시적 재현으로 포착한다.

4. 서정시의 감응력과 시적 서사

　이러한 나기철 시인의 시적 재현은 오랫동안 짧은 시를 벼리는 가운데 서정시가 지닌 시적 감응력을 어떻게

극대화할 것인가에 관한 시적 고투의 산물이다. 여기에는 시적 대상을 에워싼 일상의 풍경들 사이로 때로는 강렬하게 때로는 희부윰하게 자리하고 있는 시적 서사를 중시하고 있기 때문이다.

모두 안에만 있는지
늘 멈춰 있는

가는 봄날
한 남자
나무 아래
벤치에 앉아
노래한다

"오동추야 달이 밝아…"

들썩인다

— 「평화양로원 2」 전문

　　제주 사람들은 50년대 가요 송민도의 '서귀포 사랑'을 잘 모르데. 어릴 때 여기로 흘러들어온 나는 이 노래가 너무 좋은데. 거긴 아마 육이오 피난살이 서울의 한숨이 묻어 있어설까. 아버지도 어머니도 이젠 여기 없는.

— 「그 노래」 전문

노래처럼 곡절 많은 사연을 자연스레 풀어낼 수 있는 예술도 흔치 않을 것이다. 더욱이 대중의 희노애락과 애환을 대중의 일상 속 리듬과 한데 어우러져 불린 대중가요의 존재는 그 역할을 아무리 강조해도 지나치지 않다. 「평화양로원 2」와 「그 노래」에서는 1950년대 중반 무렵 대중의 사랑을 받은 '오동동 타령'(1956)과 '서귀포 사랑'(1957)에 연관된 시적 서사가 당시 노랫말과 리듬에 얹혀 들린다. 이들 노래를 부르고 들은 사람들이 노래와 연관하여 자신들에게 상기되는 감성이 천차만별이듯, 중요한 것은 양로원의 봄 끝자리 벤치에 앉아 "오동추야 달이 밝아…"라는 '오동동 타령'에 온몸을 들썩이는 노인은 그의 살아생전 어떤 신명이 난 일상에 취해 있을까(「평화양로원 2」). "들썩인다"는 시적 표현에서 짐작해보건대, 비록 지금은 양로원의 보호를 받고 있는 신세이지만, 그는 젊은 소싯적에 삶의 신명을 체감해보았을 뿐만 아니라 지금도 그 삶의 신명을 포기한 적이 없을 터이다.

이처럼 노래와 연관한 시적 서사는 나기철 시인의 퍼스나로서 시적 화자 '나'가 유소년 시절 제주에 들어와 듣곤 하던 "50년대 가요 송민도의 '서귀포 사랑'"에 배여든 "육이오 피난살이 서울의 한숨"을 상기시킨다(「그 노래」). 한국전쟁 시절 제주를 구사일생 찾아든 피난민들의 탈향脫鄕과 귀향歸鄕의 감성이 짙게 묻어 있는 대중가요 '서귀

포 사랑'은 "아버지도 어머니도 이젠 여기 없는" 시적 화
자에게 무엇을 그리고 어떠한 시적 서사의 배음背音으로
들릴까.

대중가요 '서귀포 사랑'과 그 시적 서사의 배음은 "입도
2대/외아들 나"(「입도入島」)의 곡진한 어머니 사랑과 그리
움의 시편에서 만날 수 있다. 1953년 서울에서 출생한 나
기철 시인은 12살 무렵 제주에 입도하여 살고 있는데, 그
에게 어머니는 낯선 타지에서 꿋꿋하게 생을 버티며 살
아갈 수 있는 삶의 의지와 용기를 북돋아줬던 세계 그 자
체였다. 그래서 "섬에 와/어머니/일찍 돌아가셨다/생각하
면/캄캄하다"(「환한 날」)의 밑자리에 똬리를 틀고 있는 세
계에 대한 두려움과 막막함은 통상 '어머니 부재'가 함의
한 자기 존재의 상처와 고통으로 수렴되지 않는다. 나기
철 시인의 어머니는 38도선 이북 태생으로 한국전쟁 당
시 38도선 이남으로 피난을 왔다가 제주에서 터전을 잡
은 전쟁 디아스포라의 삶을 살았다. 이러한 전쟁 디아스
포라로서 삶의 이력을 지닌 시인의 어머니가 그의 가족
을 위해 얼마나 큰 고통을 겪었어야 했을지 숱한 디아스
포라 전재민戰災民의 삶을 통해 알 수 있다.

그리하여 시인의 어머니에 대한 사랑과 그리움은 시적
화자의 일상 곳곳에 자리한다. "서울 병원에 검사 결과
보러/공항 가는 첫 버스 타고 가며/신문,"에서 소설가 김

주영이 가장 사랑하는 우리말이 '엄마'라고 한 기사를 시적 화자는 "읽으며/운다//오랜만에 또 운다"고 하는가 하면(「엄마」), 시적 화자는 서귀포 가는 버스 안에서 목도한 창가에 앉은 여자가 간혹 울먹이는 모습을 보며 돌아가신 어머니를 떠올리는바, "북쪽 향해 있는/해상 풍력발전기/날개들"의 풍력에 올라타 죽은 어머니가 자유롭게 휴전선 넘어 고향으로 날아가길 기원한다(「일주동로一走東路」).

5. 어머니의 경이로운 삶

기실, 이번 시집에 수록된 시편들을 읽으며 어머니의 시적 재현이 좀처럼 떠나질 않는다. 이것은 시인과 시적 화자의 어머니와 그 어머니 부재에 대한 시의 감응력이 미치는 파장이 쉽게 가시질 않기 때문이다.

초겨울 밤
시청 앞 건널목
가로등 옆
늙지 않은 여자
검정 비닐에 싼
밀감, 바나나 네 묶음

앞에 앉아
몰래 울고 있다

밀감, 만 원 내미니
오천 원이라며
바꿔오겠다고
일어서려 한다

쑥부쟁이 하나
피었다

―「어머니」 전문

　　"초겨울 밤/시청 앞 건널목/가로등 옆/늙지 않은 여자"
가 난전에서 과일을 팔며 "몰래 울"고 있다. 삶의 강퍅함
을 어찌 쉽게 위무해줄 수 있는지 도통 알 수 없지만, 시
적 화자가 밀감을 사기 위해 "만 원 내미니/오천 원이라
며" 거스름돈을 "바꿔오겠다고/일어서려" 한다. 시적 화
자는 이 단출한 경험의 한 자락에서 자신의 어머니의 삶
의 편린이 겹쳤을 것이다. 제주에서 전재민의 디아스포
라로서 시인의 어머니는 간난신고艱難辛苦의 삶을 살았지
만, 정직하고 강인한 삶을 살았으리라. 국화과의 여러해
살이풀 들꽃 "쑥부쟁이 하나/피었다"처럼, 나기철 시인은
격동의 험난한 시대를 겪었던 우리 시대의 어머니들이
저마다의 사연 속에서 '쑥부쟁이'로 피워낸 삶의 경이로

움을 기억하고, 그 특유의 짧은 시의 독창적 개성으로 나기철의 시학을 정립하고 있다.